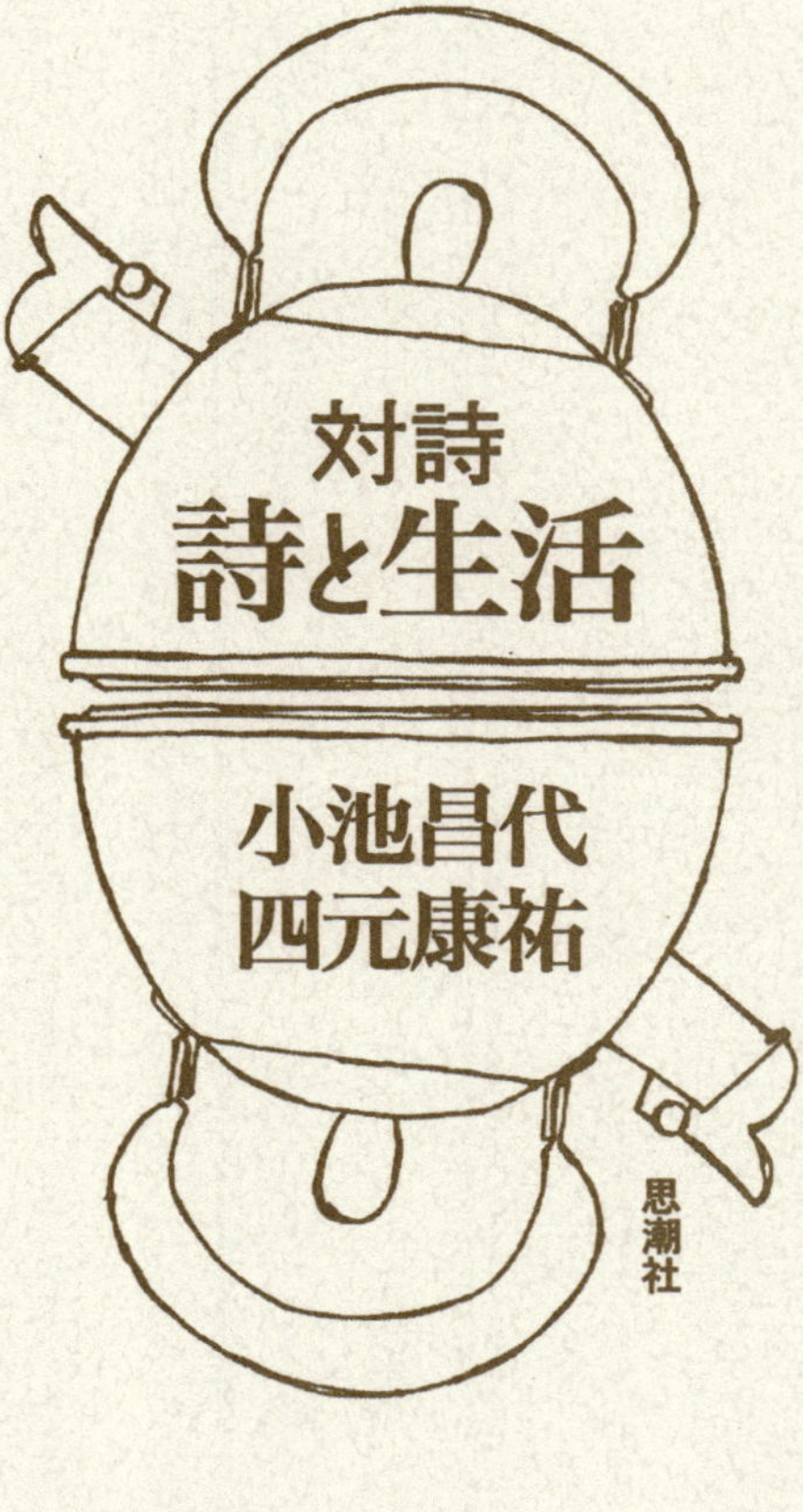

対詩

詩と生活

小池昌代
四元康祐

思潮社

対詩　詩と生活

小池昌代
四元康祐

思潮社

装幀　思潮社装幀室

目次

●印は小池昌代の、■印は四元康祐の作品

対詩

詩と生活

小池昌代
四元康祐

0　森を横切って●

そして　目の前には一枚の葉が
高い木の枝からひとり別れて（しかも冬なのに　みずみずしい青葉で）
くるくると旋回しながら落ちてきたのだ
森のはずれにあるあずまやで　わたしたちは詩についての話をした
ポーランド語から英語に訳され
その英語から日本語へ
今度は彼自身が訳したというシンボルスカの詩の一編
「書く歓び」がわたしの手のなかにあった
それは彼女が　ちょうどいまの　わたしくらいのときに書いたものらしかった
森のしずけさ
「書かれた鹿はなぜ書かれた森を飛び跳ねてゆくのか」

第一行目を音読する彼の声が　あずまやからひっそりと出て行くのをわたしは見た
するといれかわりに　雀の群れが
あずまやのなかへ祝福のように入り　わたしたちの足元へ降り立ったのだ
そのあと　その場所で　彼はわたしに　何枚かの写真を　見せてくれた
これがぼくの娘、こっちは息子（鋭い瞳の　なかなか生意気そうな子供だった）
それからこれは　べつにどおってこたぁない、町の壁のポスターがはがれた痕なんだけど
（それは　奇妙にも、いつまでも目を離すことができない、おごそかな感覚をよびさますものだった）
彼と彼の妻が並んだ写真もあった
夫である彼が　妻の肩をかたく抱いて笑っている
よくある写真のようで　めったにないものを見るような気がして
わたしは不意に感動し　なぜ自分がそのように思うのか　いぶかしかった
（時々彼女が――もちろん、子供があと少しして　もう、じゅうぶんに育ってからのことだと思うけど――家族を捨て、遠く高いところへ、行ってしまうような気がすることがあるんだ。たとえば　彼女はピアノを弾くんだけど、特にバッハを、憑かれたように弾いている

ときなんか、ぞっとして、すこし、おそろしくなる。ああ　このひとは、いつか行ってし
　まうのではないかってね)
写真のなかの　彼の笑顔は完璧だった
妻の肩を抱いて笑っている男――その、目に見えている以外の、どんな人間でもありえない
　というように。
そして　時々　危険な心もとなさを彼に与えるという妻は
豊かな髪を　ライオンのタテガミのように　雄雄しく風に揺らし
そのことにおそらく無自覚なゆえに　わたしの目にひどく魅力的に映った
話したこともないその妻を　わたしはたちまちに好きになってしまった
彼らは　まさに大きな岩のひとかたまりみたいな夫婦だった
その岩をくだく見えない亀裂
それを　あらかじめ感じている彼の　繊細さは　最近　悪魔めいている
(ああ)という声がわたしの内に漏れた　岩に染み入る雨水のごとく
その声が意味するものをわたしは知らない
わたしはわたしの産んだ子供や夫のことを　それまで　きれいに忘れていたが

わたしはわたしの産んだ子供や夫の顔が　遠くからきゅうに　ごく近くに来たのを知った
わたしは彼らを忘れて詩のことを考えていたのに
いつのまにか　彼らのことを考えることになった
それはかならずしもそうしたいと思ったわけでなく――
「真実から借りたしなやかな四肢に支えられて」
彼と別れたあと　わたしはひとりで森の道をゆき
歩きながらシンボルスカの詩を読み返した
すばらしい翻訳で　わたしはどこまでも　ひとりでこの詩を読んで行きたいとさえ思った
詩の内と外にある　森のしずけさが　両天秤のように震えながら釣り合い
わたしのなかに　しみこんで溶け合う
わたしにもまた家族がいたことを　まるで遠い夢を見ているような思いで反芻した
彼らはいまどこにいるのだろう
彼らはたぶん　森の道を抜けた芝生の広場で　遅すぎる昼食をとっているに違いない
しかしゆきついた広場には子も夫もおらず
探すとき　すべてのものは　ことごとく見つからない

そして見つからないときだけ　あるいは　すっかり　なくした段になって
わたしはそれらが　ようやく自分にある、あるいはあったことを知るのだった
なくしたものだけが自分のものになる――そんな一行を書いたのは、確かアンヌ・フィリップ
わたしは　はぐれて森の道にたたずんだ
帰巣をいそぐ　鴉の大群が空をおおい　森は　いっきょに　不吉な暗さにみちる
するとそのとき　目の前に一枚の葉が
木の枝から離れ　くるくると旋回しながら落ちてきたのだった
（しかも冬なのに　みずみずしい青葉で）
「いつか死ぬ一本の手の復讐」（これがシンボルスカの詩の最終行だ）
わたしはわたしの右手を見た
きのうは　風呂おけを洗い（きょうも洗うのだが）、じゃがいもの皮を剝いた
人差し指には爪周囲炎がおきて　爪はいま　白濁し　めくれあがってきている
近いうちにはがれて　新しい爪が再生するはずだ（そのときさっと痛いだろう）
森の道は　わたしのよく知る道のひとつだった

それはどこから来て　どこへ通じるのか　わたしの身体は熟知していた
それなのに　きょう　その同じ道が　わたしにきゅうに未知の道となる
「書く歓び」を　折り目どおりにたたみ　バッグの底に　そっと　しまった
それは　死魚のようにひんやりとおもく沈み　血の混じった体液を地面にしたたらす
わたしは森を抜け　街へと入る
代々木上原　４ＬＤＫ　八七〇〇万円の張り紙のある電信柱に　おしっこしている犬の尻の
　穴の暗さ
それをいつまでも見つめてしまう　そこに吸い込まれそうになるまでじっと。
括約筋、ああ、なんと、よくできた筋肉、と思いながら
犬の尻の穴にねじこまれ　もぐりこみ　消滅するわたしをイメージする
いつだってあんたは　自分のことばかり　いつだってあんたは　自分のことばかり
背後からなじる声が　ぼろぼろになって途切れ
にぶい風のように　吹きぬけていく
生きているものなど　どこにも見当たらない、ここ東京の、十二月の路地を

2003.12.12

1　ヴィオラ

ええ、母が持っていたのは
ヴァイオリンでもチェロでもありません

でもぼくは母がそれを弾くのを聴いたことがない
家に楽器はあったけれど
弓がなかった
まだよちよち歩きだったぼくが
折ってしまったから

ぼくの名前にもゆみという音がある

檀という字、弓を切りだすための木なのね、母はいつも
そう云ってぼくの名をひとに教えました

(旧姓は遠くに捨ててきた光る切符だ)
そんな一行を書いておきながら
自分では名をあらためぬまま詩を書きつづけた

川のほとりに生まれ育った母は
からだのなかに瞑い水を湛えていました
机のまえでそっと目を閉じて
覗きこんでいた
その面に映るもののかげを
かすかに揺らしていたひくい響き――

なぜ、ヴァイオリンでもチェロでもなく

母はヴィオラを選んだのか?
事物のなかに無言の劇をみることができたひとです
鳥たちに啄まれるベランダのパン屑に
たとえば自由を

慌ててぼくを制止しようとしたまだ若い母に
もうへし折ってしまった弓のさきで
ぼくが指し示した窓の外

その曇天のしたを母が徘徊しています
衣服を剝ぎとられた
あられもない魂を人目に晒し
ぼくの耳には聴こえない主旋律に呼ばれつづけて

2004.2.28

2 井戸の蓋のうえの石●

返事というものは書けないものです
(詩を書くといっても　詩というものが　本当は一生書けないように)
ことに送られたものが　完璧なものであればあるほど
あなたは詩に　ハンロンしようとしたことがある?
そして詩は　わたしにとって
いつも全体を瞬時に覆うもの
決してなにものかの一部分というようには
存在しえないものだった
詩の読み方は
対立でなく

そのなかに身も心もくるまれることによってしか成り立たないものなら
そして対話とは対立でもあるのだから
だから詩によって対話するという
そんな矛盾を
そんな馬鹿げたことを
そんな困難を
わたしはなぜこんなふうに始めてしまったのだったか
いまこの瞬間に後悔し
後悔したことを
こうしてようやく書き付けていることに
自虐的なよろこびを感じている
あなたから届いた　言葉のブツは
わたしの子に憑依して語られた
そのときあなた自身はどこにいたの
わたしが思い出していたのはひとつの言葉

いつか強風が吹きすさぶ海辺の町を
並んで歩いていた時、あなたが言った
ノンセルフという言葉だった
ノンセルフ
なんと恐ろしい言葉
きょう　物干し台で洗濯物を干しているとき
——心に余裕があって天気のよい日、洗濯物をほす仕事がわたしは好きです。洗うことよりも、ほすことが、ね。まだ濡れている、洗われたばかりの衣服、ひとが脱いだ皮膜をクリップでとめていくとき、そのとき着るひとの身体も魂も、ここでないどこか遠くのほうにいる。わたしはなにか、べろべろとした、とてもなつかしいからっぽをさわっている。その感触が好きなのだと思いますけれど——
風がふいていて
桜の花弁がどこからか舞ってきました
移動し旅する無数の花弁を見て
わたしが　信じられたのは

見えていない　一本の桜の木の実在でした
言葉もまた　この花弁のようなもの？
それはどこから生まれてくるものなのか
あなたというからっぽ
からっぽの井戸
井戸の底に広がるざらざらとした暗闇は　もう誰のものとはいえない領土
『アイルランド地誌』に記述があるという、ひとつの物語を
わたしはこのところ忘れられないでいる
それはネイ湖ができた由来——獣との姦淫をこよなく好んだという、アイルランドの、ある
　部族。そこにあった井戸の古き伝えのこと
　蓋　開け放ちおくなかれ
　水　押さえ切れぬゆえ——*
少年のあなたが　きっとどかしたに違いない　古い井戸の蓋のうえの石のこと

*キアラン・カーソン『琥珀捕り』栩木伸明訳から

2004.4.7

3 幻滅

■

私の母は、一九七八年四月十日
午後十一時過ぎに、岡山大学付属病院で死んだ。
危篤の知らせを受けて、その日の午後
上京したばかりの私が新幹線で駆けつけたとき
母にはまだ意識があった。が、夕刻
昏睡状態におちいった。「こんな筈じゃなかった」
それが母の残した最後の言葉だった

あのとき私はもう〈詩〉を体験していた
女の体には指ひとつふれたこともなかったが

だが私の詩と母の死とは
まるで無関係であるかのようだった
そればかりか私自身の生とも
私にとっての詩は

遠い海の果ての
ひとの息が汚すことのできない
処女地のようにきらきらと煌めくなにか

その面影によせて言葉を編んでは捧げる無為の歓び

母の死から八年後私は実際に海を渡って
北米に打ち寄せる日本語の波と
笑いながら戯れた
詩は詩、私は私 (そして死は死)

ひとりの女を私は愛した　ふたりの子供を
風呂にいれた　詩は
向こう側から眺めるばかりだった

「こんな筈じゃなかった」
窓の外に満ちてくる夕闇のなかで母は言った
四半世紀かけて
詩が私のなかに侵食してくる
コンピュータ・バグのように周到に
癌細胞の姑息さで

化学療法で髪の毛を失い
ムーンフェースと化した母の眼が
最期の瞬間に信じられないほど澄みわたって

彼女の直視したものが私のなかで像を結びはじめる

いまならばまだ詩を生活に埋葬することができるだろうか
だが洞穴には快楽のような潮が溢れてくる
掻き出された言葉たちは
血なまぐさい膜につつまれたまま息を引きとり、

活字へと干からびる

2004.4.10

4 怒り

わたしが子供のころ
雨戸をしまう戸袋に
鳥が巣をつくってしまったことがあったのです

朝顔につるべをとられた千代女は、もらい水をしましたけど
猛々しい母はそんな優雅なこと、しません

鳥のいないあいだ
巣をこわして

かきだして
掃除機ですっかり吸い取ってしまった
これで雨戸をしめられます

巣をかきだす

それは
女のくらい子宮から
胎児をかきだす手つきを思いださせる
鳥は戻ってきたのでしょうか
巣がないことを　思い知ったでしょうか

巣をかきだす

あれは母の手が為したことだったか
わたしが為したことだったのか
このごろ　わたしには　わからなくなってしまった

母とはなにものかを慈しむ者であり
同時に　そのものを殺す者なのです

巣をかきだす

思いだすたび
わたしのなかで
急速に遠のき　縮小する光

階段をのぼりきった　つきあたりの

小さな窓の　小さな戸袋

どんなにしても
光の届かない
のぞけない内側というものがあるものです

巣をかきだした棒の先が
戸袋のなかにつけたはずの無数の傷
書く、書くこと、掻き出すこと

白い紙を前にして
「わたし」は何度でも限りなく漂白される
その一瞬にかけて
ほかの　さまざまなものを
ボーニフッテモ　カマワナイ

黄色い声のわく
「わたし」の内壁に
もう
誰のものだか　定かにはわからない
無数の傷が　浮かび上がってきます

巣をかきだした　わたし
かきだされた　わたし
その狭間を　走り抜けていく
何も裁かない
透明な怒りは

2004.5.11

5 築地

早朝魚市場へでかけた
場外市場の迷路をくぐり抜け
道端にまではみ出した乾物や陶器やゴム長
「寿司用・料理用・玉子焼きの玉八商店」の前など通って
橋を渡る

ドラム缶ほどの円柱の前に立って水平なハンドルを器用に操り
男たちが右往左往している
地域別に積み上げられた箱と整列する一様に白いライトバン
１０６は日本橋１１１は荻窪１１２は中野である

６７ならば駒込・富坂であり岩兼の(辻)だ
買参組合脇の大市水産ではもう丸七がはちまき巻いて鈴友している
このあたりになると日光は届かない

白熱灯の下の

子持ちヤリイカ耳イカ下田スルメはいずれも㌔１２００円
富山ホタル６００のれ７００ニシン８００キス目光りメゴチの特大
メカブツマグロ頬肉タコの卵沢ガニアサヒガニ油タラバ毛蟹
平目鯛相ナメ穴子サザエツブマテ貝本ミネ
発泡スチロールの箱のなかで濡れた新聞紙に包まれた原由（イの71）のかんぱちは築地玉寿
　司樹太老店様のものだ
ここは

第５３棟である向かって右に自７０８１―至７１００まで
石宮滝八分店中源伏保伏保芳野分店芳野分店伊勢口水産米三が並び

左が至８１００―自８００８９へと三栄物産三栄物産
㚢㚢佃水産佃水産大誠大誠三昌モリヤ丸健の順　因みに
店舗前の通行及び駐停車禁止時間は小車なら7:00 - 10:00 そして
ターレットが 6:30 - 11:00 とのことだ　ははーん
あの珍妙な乗り物のそれが名前だったか
盥の底で

一斉に口を開き猥らな長い管を伸ばして潮を吹く浅蜊
真っ黒な桶の底にこんがらがってのたくりまわる鰻の大群
自らの重みに押しひしがれたまま仲間の上をいざって俎板の端から
床へ垂れおちる蛸　なぜか
ぱんぱんに膨らませたビニール袋に入れられて生簀に浮かぶ魚
血が

ヒラメのつるつるした白い腹に糸屑のように滲んでいる

サバの入った盥を満たす氷を苺ジェリーの透明に染めている
ざっくりと首の後ろを裂かれて暗い紫色の液体のなかに横たわる
二匹の魚　男たちが
背をこごめて包丁を握る調理場は血の荒野だ
一匹がもの凄いビートで撥ね回った揚句宙を飛んで床に落ちた
男が追いかけて摑みあげ今度は全身の重みをかけて押さえつける
頭を切り落としても魚はまだ撥ね続けるその切断面に
針金を素早く上下させてとどめを刺す
男たちの

手は血で汚れているゴム長も前掛けも濡れた軍手も
俎板の上の礫　私には聞き取れない
使い込まれた道具のような日本語　女たちは
小さなブースのなかに座ってる計算してる電話取ってる
たまに男たちを眺めているいまここに

自分のやっていることの意味を問いかけるものはない
人の　満ちた潮のような生々しさ
生きるために抉る裂く抱えて引き摺って解体するそのなんという
血みどろな明晰

私はなにを売り買いしてここへきたのだろう
受け取ったものははっきりしている幾ばくかの金ささやかな
家族の幸福だが手渡したものはなんだったのか
命を殺めたり育んだりして金を得たことが私には遂になかった
物を作ったことも売ったことも運んだことすら
私が職場で切った貼った《カットアンドペースト》するものは数値論理分析観念たまに感情
摑みどころがないのは詩と同じだけど　冷凍の
マグロをさばくように言葉を捌いて詩にすることが
生業になり得るだろうか　たとえなったとしてそんな詩も
タダで書かれた詩もおなじ詩の名で呼べるのかそれとも似て非——

「邪魔だよ」

片目の悪い老人が通路に出てきて私を店の前から追いはらった
不意に私はここにいるのが苦痛になるよろめいて
屋外の朝日の方へ歩いてゆく
場外市場の商店街まで来ると少し落ち着く大黒豆鞍掛け豆
大正金時に虎豆を盛って並べた店の奥は薄暗く
ひとりの少女が

母親の隣に座ってこっちを見ている
おかっぱの髪大きな眼白いブラウスに肩紐のついたスカート
真っ黒に陽に焼けた痩せた少女が
じっとこっちを見ている「おはよう」 私は店の前から
微笑みかけるだがにこりともしない
背をむけて歩きだすと　今の、お前の知ってる人かい？

母親に訊かれたのだろう少女の答える声が聞こえる
「詩を書いているひと」
その声はひたむきな怒りにあふれて
鐘の音のように響き渡り魚市場で立ち働く全員の耳に届く
もう一度少女は言う
「詩人でもないのに詩を書いているひと」

2004.5.25

6 偽者あるいは……

サーカスのピエロは　夫婦者だった
いや夫婦とは　誰が言ったわけでもない
わたしにはきっと　そんな気がしただけ
互いをかすかにはじきあう弱い磁気
嫌悪と慣れと親愛が
行き来する視線のなかに
区分けできないほど　かたくまじりあっていたから
だぼだぼのつなぎずぼんをはいて
わざとらしくつぎをあてた上着を羽織るのは
目の下に皺の寄り始めた妻のピエロ

眼鏡をかけた夫のほうは
赤い蝶ネクタイ、サスペンダー
真面目にひとをみくだす目をしてる
夫が妻を打つところを　妻が夫を打つところを
わたしは一瞬垣間見たような気がして
目をそむけながら　二人を凝視せずにはいられなかった
六月六日、日曜日
どちらも赤い丸鼻をつけて
口のまわりには　永遠の微笑みが幾重にも波紋を描く
お客さんのなかから
これはと思うひとを選び出し（これは妻の役目）
彼（あるいは彼女）をカモにして笑いをとる（これは夫の役目）
選んだ客に対し軽蔑しきったあきれ顔をしたかと思うと
次の瞬間には
棒のついたキャンデーを差し出し、深々と礼をして

今度は皆に「彼（あるいは彼女）に拍手を」というしぐさをした
（時計の針は午後三時をさしている。約束は確か、一時でしたね。
あなたはまだ来ない。気が変わったのかしら。それとも仕事それともそれとも）
子供たちはピエロを見ていつも泣く
ピエロの何かが怖いらしい
実はわたしだってピエロが怖い
ピエロを怒らせるのはもっと怖い
だからピエロには最大の気をつかう
わたしは何を恐れているのかしら
そう思ったとき、ちょうどそのとき、妻のピエロと目があってしまった
手をとられてわたしはステージへあがった
ステージの中央はひどくまぶしいの。まぶしさのなかで
わたしはわたしが座っていた、客席のあたりの闇を見た
そこには（なんなのよ！）あなたが座っていて
わたしを（いつ来たの！）突き放した表情で見ていた

獣のすえたような臭いがしたけれど
それはもしかしたら
この直前のステージで白熱した演技を見せた、ロシア人曲芸師の
たらした汗の臭いだったかもしれない（確実に狂気のあるひとだった）
わたしはにこにこして少しおじけづきながら
できうる限りピエロの気に入るようにと、言われたとおりのことを一生懸命つとめた
しらけたり馬鹿にしたりなげやりになるなんてことは
決してわたしには考えられないことだ
それは夫のピエロが放り投げた紅い玉を　ただ打ち返すという遊びだったけれど
なかなかうまくはできなかった
笑っているのはピエロだけ
場内は一瞬、静まり返り　おそろしいような間があいた
我にかえったとき　大きな拍手がして
わたしは役目から解放されていたというわけ
妻のピエロと握手した

それから夫のピエロとも
深い軽蔑と憐憫を　たがいに隠しあい
わたしは彼の、
金色の産毛が光る手に触れる（ひび割れた笑顔で）
けれどその一瞬に
盆が傾いで
夫のピエロの素顔の中心から　恐ろしいすばやさで怒りがわいた
「ニセモノメ」
苦しげな睨み
ああ、あなただったの
電流のように流れる孤独
サーカス小屋の裏庭では
腕のない双子の姉妹だの、小人の老人、虎や象、エンジンのいかれたオートバイが走り回っ
　ている
不純物がわずかにも見当たらない、あなたの笑顔がわたしは心底好き

誰もがサワヤカな好青年と言う（たったひとりをのぞいて）
けれど　わたしも見た
あなたの目の奥の神経峡谷で
谷間の間隔が
金属的な音をたてて急速に狭くなったこと
表情がゆがみ
ふたつの目のなかの黒目がひゅうっと小さくなって
まるでシベリアンハスキーのような獰猛な瞳になった一瞬を
ああ、やっぱり、あれはあなただったのね
サーカス小屋の上空を
雲が凄まじくすばやく流れていく
雨はまだ来ないけど
それは近い
雨はすぐにやってくる　きっとまぢかに
雷雨かもしれない　わたしたちを打つための

2004.6.10

7 嫉妬

朝食の卓の妻のとなりに
詩が座っていた
何食わぬ顔で行き交うパンを見下しているが
書かれたくてうずうずしているのが
分かった

わざと眼を逸らしてイケズな知らんぷりをしてやる

妻の手は荒れている　形あるものを
遺すということに執着しなかったものの手だ

その貴い潔さに
詩は嫉妬したことがあるだろうか

バターをなすりつけながら
わたしは遠い神殿のことを思っている
そこに仕える背筋のまっすぐな断髪の女のことを
その女の指先にも絆創膏が巻かれて
赤く滲んでいた

わたしには境内に入る資格がない
ただ垣根越しに奥の静けさを伺うだけだ
ときに独りでときにマニキュアした詩と連れだって
鈍い嫉妬がわたしのなかに広がる
女を引きよせて止まない荒々しい一途な力

諦めたように伏せられていた
まなざし

妻が子供たちをせかしている
糞をして歯をみがき髭をそるその隙をみて
詩がわたしに囁きかける
ジラされるほどによくなることを知っているのか
洗面鏡のなかの顔は
好色だ

2004.6.18

8 遠雷●

猛暑の七月、午後三時
わたしはまだ生きていて
小田急線の踏み切りを渡る
電車は来ない　来ないはずはない
いつか来るのだが　いまはとぎれている
永遠の休息にも似た数分間
なにものかが過ぎ去った気配だけが　むなしい重量で　光るレールに　流れ込んでいる
こわい　横切るのは。なにかをまたぎ越していくのは。
わたしがこうして踏みにじっていく何か。そのわたしを裁断する見えない列車
ごろごろごろ

雨が来るでしょう
雷雨が来るでしょう
ふとんを干してきたことを悔やみながら
友の待つ駅まで急ぐのです
友は詩を書く　そしてわたしは
彼に会うときに　そのことをいつも少し　忘れようとしています
夏の日本家屋は　蚊とダニとの戦い（それで毎日ふとんを干すのですが、あまりダニには有
　効な手段ではないようです）
ダニはさておき
わたしは母が　かつて　おそろしい形相で　何もない中空をにらみ　ばちん！と両手を打っ
た姿を思い出します。中空をにらみ　ばちん！と手を打つ　あれはなにかのおまじないだ
　ったのでしょうか
十回打つうち一回は　蚊が手のなかで圧死します
赤い血を見ると　母はよろこび　そのよろこびを　わたしもまた知る者です
あれはいったい誰の血だったのか　蚊自身の血で　あったのかもしれないのに

でも、しぶとい、です
走っている子供のふくらはぎにかじりついたまま　振り落とされない蚊だっているんです
（おそらく血を吸い取る、か細い歯が、しっかりと皮膚の下にくいこんでいるのでしょう）
じっと見ながら、ぱちんと殺す
恍惚として吸っている最中を。
そういうときは　至極簡単に殺ることができます
歓びの行為のさなか　死に到る蚊は　中空の圧死よりも幸福かもしれません
振りかざして殺したすばやい手、その手にやや遅れて残る手の影
あの一瞬に　詩は似ています
ごろごろごろ
ふとんはいずれ　雨粒をたっぷり吸って
さあ、きょうの晩は
何のうえにわが身を　横たえればよいのか
どうにでもなれという気持ちがむくむくと　暗い雲のようにわきあがってくる
生活者にとって、ふとんというものは大切なものです。それは決して、濡らしてはだめなも

のなのですよ。ふとんが濡れるって、おそろしいことなんです。濡れた寝具は死の暗喩。
畳の上で死にたいと言った祖母は、八十二歳で、畳の上のふとんのうえで死にました。畳の下にはダニがいっぱい生息しています。
ごろごろごろ
詩って放心がつくるもの、そう書いて
放心なんかじゃ、足りないと思う
放下——やや接近?
そのときわたしに子があろうと恋人があろうと親がいようと
この世のいっさいの縁というものから　断ち切られてしまう瞬間がやってくる
ごろごろごろ
ごろごろごろ
遠雷が次第に遠のいていく
暗い雲が流れ　つよい日差しが　すぐに戻ってくるでしょう
もう、どうなってもよかったのに
ふとんが濡れて　濡れたふとんの前で

わたしは静かに途方に暮れるはずだったのに
ごろごろごろ
またしても負えなかった罪の恥ずかしさに　下を向いて
顔をあげるとき　友は元気です
やあ、元気だった？　派手なよく似合うアロハシャツを着ています
これで互いに　詩さえ書かなかったら
今朝見た鏡のなかには
白髪だらけの　ものすごく悲しい目の化け物女　いやあれは　男だったかもしれない
ね、まだ、詩を、書いているの？
宅急便でーす、
差出人のないその荷物を、階段の下へそっと置きました
白玉を見るなり
宇宙団子と子供が叫びます

2004.7.12

9 夕食のあと

久しぶりに小説が読みたくなって
妻の読みさしのアイリス・マードックを
本棚から抜き出した
申し分のない妻と愛人に恵まれて
赤ん坊のように充足していた中年男が
不意に妻に去られて大いなる混乱をきたす話
読みながら愛人と妻と男を
詩と生活と詩を書く人になぞらえてみたが
なんだかつまらなくなって、裏の野へ散歩にでかけた

今年の夏は冷たくて雨が多い
真ん中に草の生えた土の道の両側に
水溜りが点々と連なって鉛色の雲を映している
そこだけ作物のない空き地の中心から動こうとしない猫
少し奥まってすぐ行き止まりになる空間
この道のここの、この曲がり具合

足元を這ってゆく蝸牛の模様にすら見覚えがある
沈黙は騒がしいのに
記憶のなかの景色は音ひとつたてない

麦の穂が波打って視界がひらけた

……夏の青い夕暮れ…ぼくは小道を…
麦の穂にちくちく刺され…細草を踏みしだきに…

……心を先導した八月の螢よ…歩けばすなわち、…
立ち上がってきた…青く痛いような草のにおい…
……それは荒々しい空の下の広大な麦畑で…
私は悲しみと極度の孤独を表現するために、些かも…

重い画材を背負って丘を降りてきた老人が
呟きながら通りすぎる
「芸術について語るのは無意味だ。画家は、
文学的であってはならない。彼は線描と色彩によって
自分の感覚と知覚に具体的な形態を与える」

去年の夏はうだる暑さで
そのせいかよく鹿や野ウサギをみかけたものだが
今年は蚊もいない
畦道の真ん中で両横に腕を伸ばして

眼を閉じたまま歩いてゆく
——わざと逸れても指先にはなにも触れない

丘をのぼると一軒の農家があって
マロニエの木々の梢がはるか頭上で鳴っている
麦の穂先が限りなく繊細なので
地平は滲んでみえる
いま死ねたらさぞや甘美だろうが
そうしないのは倫理ではなく　まだほかに
なにかあるんじゃないか、もっと覗いてみたいという
助平ごころのせいか
めくるめく感覚の世界に喰らいついて

また雨が降ってきた
もういちど眼をつむって、玉蜀黍の葉っぱの

一枚一枚に落ちる雨粒の音を聞き分けようとしながら
坂を下る

輝いてそそり立つ隣町の教会は
Penis from Heaven
道沿いの麦畑の一角が
穂の重みで陥没して、その窪みに抱かれるように
男がひとり、丸裸で横たわっている
苦しげに眼をとじて膝をよせ
雨に打たれている

十時を過ぎてもまだ雲の端は明るい
家に戻ると娘は眠り息子は起きていて妻はいない
泥のなかで石化したかのような男の頬には
ひと条の深い皺があった

主人公をはさんで愛人と妻は一瞬だけ見つめあう
小説の題名は　*a severed head*
階下のドアが開きだれかのそっと入ってくる気配がする

2004.7.23

10
花火

夜空に爆音が炸裂し
花火が散った
散ったそのあとも
空の闇には
点在する燃えかす
やがてそれも　落下しながら消えていき
ただ　暗闇だけになる一瞬がある
落下しながら　消えていく
それを目で　追いかけていくと
吸い込まれるような音がして

ああっと　一点で　闇が細く深まり
なにもかもが　ほんとうに消えてしまうんだ
ああっ
おそろしいような間があいて
やがて次の爆音が　あの虚を消す
かなしくて
ひそかに　泣いた　こう書く今、少しもかなしくないのに
「これから寝ないで九十枚書かなくちゃならないんだ」
きのう　対談で会った作家は
わたしの高校時代の同級生
打ち上げ花火みたいなひとだった（派手じゃないのに）
彼がいると　まわりは　なんということもなく華やいで
ことに女たちの表情が　やさしくやわらぐ
「からっからになるんだよね、書きあげたあとは」
別れるとき　握手した手は　案外、ふっくらとやわらかくて

骨ばったわたしの手と対照的だ
高校のころは　無口で綺麗ではにかみや　本ばかり読んでいる風のような男の子
「サーカスの綱渡りみたいなもんだよ。極度のストレスが、かえって身を守るんだ」
「そうか、だから　あのひとたち　なかなか　おっこちないんだね」
生きる仕組み　残酷で優雅な生の仕組み
ああっ
深夜、消えていった車を目で追いながら
出掛けに見た　前橋文学館のポスターを思い出す
小さな写真のなかの詩人の横顔
孤独で酷薄な感じが漂よい
そこにはわたしがかつて一度だけ見たことのある
宙空に吊られた　あの目が写っていた
シベリアンハスキー
「一生、誤解されてそのまま死ぬ。覚悟はできましたか」
わたしは自分に問うてみる

花火
花火
わたしたちは　みな　家族を持ち
ずぶずぶと進む　わざわざ重い靴で
「なぜ、あなたは泣いているの」
顔がゆがんでしまうくらい　わたしたちは押されている
あっちからこっちから
それは名前がなく表情もなく
空気のようなもので弾力がある
押すと一時的にひっこむので　やさしいものかと勘違いすることもある
笑おうとしてもうまく笑えない
でもわたしはいつも笑う。泣き笑いという笑いを
最後に連続して大玉があがる
夏が終わる
夏が終わるのは実は今日が初めてじゃない

夏は最初から終わっており
かつて一度も　始まったことのない季節
ビルの屋上に灯りがつく
ひとはみな　さらっと　立ち上がる
ずっと前から　そういう約束になっていた
その腰の軽さ　腰の軽さよ
立ち上がれない
横になって倒れている恵比寿の缶ビール

2004.8.3

11 寂しき高み

胎児のように丸めた膝の先まで
ズボンをおろした私の尻の穴のなかに
イジコフスキー先生が人差し指を差し込んで
なにかを探り当てようとするかのように動かしながら
子供の頃転校してきたという日本人の
兄弟の思い出を語っている
「大きな子供たちでね。ふたりともジュードーが強かった」
薄暗い小部屋で左を下に横たわって
目の前に迫った壁を見つめながら私は礼儀正しく
会話を続けようとするのだが、イジコフスキー先生の指先が

不意に奥へ、伸びて、強く押すので
（ああっ）なにかがこぼれてしまいそうになる
背後にはパソコンの画面が瞬いていて
私の前立腺の断層像が複雑な地形のように浮かんでいる
「肥大はしていない。腫瘍かどうかは
　確認できない。遠すぎてね、指が届かないんだ」
そう言いながらイジコフスキー先生はもう一度試そうとするので
私はまた、ああっ、虚ろになってしまう
診察台の足元の通勤鞄には詩集が一冊入っているだけ
その日はディラン・トーマス"DO NOT
GO GENTLE INTO THAT GOOD NIGHT"
去年まだタイトルをどこかで見かけただけで
中身は読んだことがなかったその作品について、ウィレムは
死んでゆく父親への呼びかけの詩だと教えてくれた
交代で詩を作るだけの高みの部屋で。

迫りくる夜に抗え、RAGE, RAGE AGAINST THE DYING OF THE LIGHT
生と死の妥協なき和解を試みる息子の祈りなのだと
「君の年齢では悪性の可能性は極めて低い。特に日本人は、
我々に較べて罹りにくい、食生活だろうがね」
イジコフスキー先生、私は国を離れてもう十八年になります
それから祖父は前立腺癌で亡くなりました。そして父もまた現在、
AND YOU, MY FATHER, THERE ON THE SAD HEIGHT,

*

夜の手前の
白い壁の、非常ベルに
わたしは人差し指を伸ばして、ぐいと押した
ああ、呼んでしまった
すぐに後悔したがもう手遅れだった

やがて地平線の向こうの
巨大な爆発のなごりのような幽かな明るみから
一台の消防車と化した妻が
鐘とともに駆けつけ
立ち竦むわたしの前に停まった
妻の上には屈強な男たちが座っていて
まっすぐにこっちを見ていた
短く刈られた金髪のしたの、青い湖水のような瞳
サイレンもエンジンも絶えて
あたりは耳鳴りがしそうなほどの静けさだ
ひとりの若者が降り立って
なにかを囁きながら慈しむように赤い車体をさすった
わたしよりもむしろ妻が、シと、
ひそかな情を交わし合っていたのだろうか
乱暴に巻きつけられたホースの先が

だらしなく垂れ下がって
境涯の向こうから降りそそぐ昏い光を浴びていた……

＊

tap, tap, tap……
イジコフスキー先生の
長い人差し指が液晶画面を叩いて
思案している、生体検査をすべきかどうか
近づいてくる台風の気象図のような下腹部の断面で
瞬いているのは、米粒ほどの
仄かな影
そこにはもうディラン・トマスもウィレムもいない
柔道の強かった大きな兄弟たちも
だがその寂しき高みに

すべてがある
白い微細な星雲が音もなく息づきながら
覗き込むわたしの顔を
仏陀の微笑のようにうち照らす
ああっ　一篇の
詩が読まれるときに似た
声が漏れる

2004.8.13

12 暴走自動車●

あのとき
ささくれのような予感をねじふせて、あれに乗ったのが間違いだった
午前三時
片手をあげるとあれが止まった
どこの駅前にもいるような、ありふれた黄色い、ただのタクシー
東京はその日、接近する台風で暴風が吹き荒れていた
運転手は無口なひとだった
行く先を告げてもうなずくだけで　そのうなじだけは馬鹿のように太いひと
車が山手通りにさしかかったときだ
バックミラーにうつる運転手の目から　大事なものが　ぱかりと剝がれ落ち

その顔からは　表情という表情が消えたような感じがした（もとより表情に乏しいひとだったが）
タクシーの速度がぐんぐんと速まり、赤信号を次々と無視
暴走していく
暴走していく
暴走していく
暴走していく
狂っている

なぜ、わたしたちは、気楽に片手をあげ、一台のタクシーを止めることができるのか
なぜ、まったくの見知らぬ他人に、ひとときの生を、あんなに軽々と預けるのか
たまたまそれが、わたしたちの近くに来て
たまたまそれが、空車だったというだけで。
あの、ふわりとあげられた自分の腕を
付け根からはずして

自分の身から切り離してしまいたい
そうすればその後の何もかもが　自分とは無関係の現実になる
けれどもう　遅い　付け根はしっかりとくっついたまま　なにもかもが進んでいる
生にしかけられた、無数のゆるい、甘い信頼
生きているということは　どの瞬間も　奇跡のようなことだったと悟る

なぜ、わたしたちは、ふわりと手をあげ、一台のタクシーを止めることができるのか
ふうわりと
わたしはそうして、わたしの死を、呼んだ
——死をおそれたことなんて、一度もないわ
あれは嘘
わたしは怖かった　硬直していた
ぐんぐん引き離されていく生をもとめて

生きることを、追い越してしまう速度というものがあります

その速度で運ばれているとき、ひとは
もはやひとでなくニモツなのです
たとえば新幹線の「のぞみ」ってやつがある
なぜ疲れるのでしょう。速いのに。速く到着するのに。それは速すぎるからです。
空間がゆがんでいる
そこをくぐりぬけるとき
速さはわたしたちに無数の傷を負わせる

わたしはわたしがわたしを抜けて先のほうへ行くのを感じていました
わたしは何が怖かったか
予感される追突の激しい痛みが?
痛みの後の見えない死が?
もぎとられていく生の時間
耳の後ろを　河がどくどくと流れていきます
そして　わたしは下半身から透き通っていく

これは比喩じゃない
腰から下が、がくがくとして　使い物にならないんです

ああ、ああ、ああ。
けれどわたしは
かつてそのように産まれたのではなかったか
狂人タクシーに運ばれながら　わたしが思いだしていたのはそのことでした
かつて産道を　このように暴走した
そして　押し出され　でてきた　かたまりとして。
「緑の導火線を通して花を駆りだす力」*
怖いよ。おかあさん。わたしは死ぬ。おぎゃあ。

あなたは誰なの。わたしに背を向けて
永遠に振り返らない、太いうなじのひとよ

＊ディラン・トマスの詩のタイトル（松田幸雄訳）

2004.9.9

13 絶対者の柱廊 ■

飛行機が滑走路を動きはじめて、エンジンが全開する、轟音と振動が不意に常軌を逸して、一途に狂ったかのように昂まって彼を襲う、これが現実の素顔だ、命とは本来こんな抵抗に吹き晒されて生存しているものなのだ、離着陸のたびに湧きあがるそんな思いに彼はまたしても耽っている。ほとんどうっとりと、塵のたゆたう機内で、超硬度プラスチック二重窓に頬をよせて。

*

地面が流れて、そこにあるすべてが混ざりあうと、目の前が真っ白になる。だれかがその一瞬を詩に擬えていたような気もするが、あるいは死の喩えだったかもしれない。

＊

ついさっきまで居た場所なのに、窓の下で急速に傾いてゆく地上はもはや別世界だ。隣村まで いっしょにパンを買いにいった息子が、急に勢いをつけて自転車を漕ぎはじめて、赤いシャツをまとった尖った肩が五線譜の音符のように上下するのを、彼は何年かぶりに地球へ戻ってきた宇宙飛行士の面持ちで眺めていた。あれは、どんな旋律を奏でていたのか。

夕暮れ、砂利の軋み、音もなく舞いあがりまた降りてくる土煙と、瞬くブレーキランプ。馬たちの姿は闇にまぎれ、ただ繊細な鼻息の音だけが響いていたのに、かなたの煙突の片側は、燦然と黄金の色に輝いていていた！

＊

覆面をして銃をかざす男たちの幻影と寄り添いながら、ここではだれもが物静かだ。ぴんと伸ばした人差し指を顎の先にそえて本をよむ女の、口許に現れたり消えたりする微笑み。両手に拡げた布の図柄を較べあう初老の夫婦。座席の前の液晶画面を、忠実な犬のように覗きこむ若い恋人たち。

何年か前に妻は、彼が周囲に対して傍観者的な態度を取りすぎているといって非難したことがある。その頃の彼は、どんな土地よりも、人との交りよりも、しんとした昼下がりの美術館に郷愁を抱いていたので、内心ぎくりとしたものだ。だがいまの彼がもっとも寛げる場所は、まさにここかもしれない。なにものにも加担しない虚空の、よく手入れの行き届いた、騒音にみちた平静……

＊

すべての取引は死を遠ざけるための稚拙な呪術だ。白ワインを注ぎ足そうとする初老の客室乗務員を遮って、彼はむしろブルゴーニュの赤を所望する、礼儀正しい笑顔とともに、断乎として。

＊

赤い大きなクッションの上で、ほとんど触れあわんばかりの鼻先と唇を中心線として、互いの尻を左右に突き出した対照形を描いて眠る全裸の男女。ふたりの間を遮るものは、黒々とした、鋼鉄製とおぼしき巨大な剣だけだ。それは垂直に立ちはだかり、その先端は寝台に突き刺さっているであろう。男の逞しい手は自らの涙をぬぐうかのように頬を覆い、女は左手を剣の刃に添えている。背中から腰まで届く彼女の髪は金色の河のようだ。その絵はBrother and Sisterと題されているが、実際には北欧の神話に登場する、王妃と、その王の家臣であることを彼は知っている。女は深々と寝入っているが、男は目蓋を閉じたまま一睡もできずに朝を迎えるだろう、尤もそれは彼の想像に過ぎなかったが。

＊

機内の照明が落とされると、窓の内側の遮蔽幕の縁にうっすらと光が滲んでいる。いつの間に真昼が蘇ったのだろう。成層圏に聳え立つ透明な神殿を彼は想像する、薔薇の花びらの内部を横切るボーイング、眩しい謎に満ち溢れた、絶対の廻廊に建ち並ぶ円柱を。

エミリもその力にあずかろうとしただろうか。アマストの実家の窓際に佇んで、閉ざされた白い鎧戸の隙間から射しこむ午後の日差しに、指を這わせて。

*

トイレの前の通路から黒い人影がじっとこっちを見つめている。彼は頭を垂れてみせる。ふたたび顔をあげると、もう誰もいない。

*

詩はついに中心には届かないだろう。地上の堅牢な礎であることを拒んで旅立った言葉の群れは、蝙蝠のようにばたばたと柱の間を飛びまわり、やがて盲い、その狡猾な顔もろとも、翼を燃やされるだろう。

＊

高度で増進された酔いが、厚顔な眠りへと彼を誘う。どこから出発して、なにに到ろうとして、ここに浮かんでいるのか……あそこから…そこへ…それとも……そこから…あそこへ…

夕暮れ
砂利の軋み
舞い降りてくる土煙と
書物の頁から迸って指を伝う欲望

ぶれーきらんぷ

2004.9.27

14　うごく境界●

毛布をかけると　子供ははぐ
どんな寒い夜も
かけると　はぎ　かけなおせば　また　はぐ　かければ　はぐ
それでそこには
湧き水のような
やわらかな　むきめ　があるのだとわかる
世界は　むかしから　きりもなく
そうして　内側から　むかれ続けてきた

眠る子のからだの奥のほうで

罵詈罵詈と音をたてて　裸になりたがる　あばれたがっている　ちいさなイキモノ
それが　表面に　現われてくるまで
ひたすら　思いつめて待ち続けるのが　長いあいだの　仕事だったのに
今度は　ひたすら
なだめよう、あたためようと
かばったり　覆ったり　保護したり　隠したり

うるさいよ

毛布をかけると
眠る子の
身体のずっと底のほうから
タケノコみたいに　抵抗し　地面をおしあげる力がわく
それを　ころさずに

けれどいまだけ　夜が明けるまで　そっと静かに眠らせる方はないものか
賢そうな母の　ふりをして書くことばは

うるさいよ

振り払ったわたしの手が　わたしを打つ
わたしでないものの手が　上下する

生との度重なる接触で
磨耗し汚れていく　毛布の襟元
それは　あの手で
愚者愚者と引かれた　うごく境界

2004.10.6

15 ハリネズミ

帰宅すると娘が待ち構えていて
庭の隅へ連れてゆかれた
芝が終わってコンクリートの打ち出しが
始まろうとする境目のところに
一匹のハリネズミがいた

仔兎ほどの大きさだ
揃えた前肢のうえに鼻先をのせ
小さな眼を閉じたまま　動こうとしない
ただしなやかな棘だけが波打つように揺らいでいる

死が間近なのだと分かった

「動けないんだな」と私が言うと
「ううん、お昼にはこっちにいたの。健ちゃんが
触ろうとしたら、ここまで歩いたの」ムキになって娘が答えた
以前にも群れからはぐれたアヒルの雛が迷い込んできて
裏の沼まで帰しに行ったことがあったが

このハリネズミには（もう地上には）行き場がない
せめて柔らかな土の上の、木苺の葉の陰に寝かせてやろう
ガレージへ園芸用の手袋を取りに行こうとすると
娘も小走りについてくる「どうした？」
「ちょっと怖いの」と笑った

ハリネズミはなされるがままだ

手袋越しに腹部の温かさと息をするリズムが伝わってくる
娘はこわごわと棘を撫でて「ああ、可愛い」
感に堪えぬような声を漏らし、
「病院へ連れていこう。助けてあげよう」と訴えた

黙ってハリネズミを葉陰に置こうとすると
娘は同じことをなんども叫びながら私の背を拳で叩いた
こいつはいま、独りで、一所懸命死のうとしているんだから、その
邪魔をするな、そう云ったのが自分ではない父の
そのまた見知らぬ父のように聞こえた

うだるように蒸暑い夕方だった
私たちはしゃがみ込んで
誰かに足踏みされる鞴《ふいご》のような
汲めども汲めども湧き溢れる泉のような

波打って揺らぎつづけるハリネズミの背中を見ていた

*

案の定日が暮れてから雷雨になった
夕食後の散歩は諦めて
ベッドに寝転がって枕元にある本を捲った
田村栄之助訳『キーツ　詩人の手紙』(冨山房百科文庫)
巻末に付された年譜によれば、一八二一年、

「キーツの死を報せる二月二十七日付のセヴァーンの手紙が、英国のブラウンの許に届く。

「親愛なるブラウン　彼は死んだ—最期は全く安らかだった—眠りに就くかのようだった。

二十三日四時頃死が迫ってきた。『セヴァーン—ぼくは—起こしてくれ—もうだめだ—安らかに死ぬ—こわくない—大丈夫だ—ありがたい—遂に来た』

私は彼を起こして腕に抱いていた。痰が、
喉のなかで泡立つような音を立て、それがひどくなっていって、
遂に十一時、彼は死にむかってゆっくり沈んでいった――
あまりに穏やかだったので
――まだ眠っているのだと私は思った」

黒い雲を稲妻が照らし、大粒の雨が窓を叩いた
小便に行ったついでに子供部屋を覗くと
娘がマンガから顔をあげて
責めるような眼を私に向けた　嵐のなかの
ハリネズミのことを考えているのだろうと思った

＊

夢の手前に

複雑な地形の入江があり
海洋のかなたに
日没直後か日出直前か
夥しい光を孕んだ水平線が伸びていた

波打ち際は無数の曲線から成り立っているが
詩と生活の境目は一本の直線だ
私はそれを跨ぎ越す
星々までの距離は変わらない
コスモスは根付いたままで凋れてゆく

夢の向こうへ
一艘の小舟が漕ぎ出してゆく
王のような男と大きく目を見開いた女と
まっすぐに前を向く子供

水は中心から持ち上げられて完全な球をなしている

＊

嵐のあとの快晴だった
風はもう秋らしかった　木苺の葉と
その上のクヌギの梢がたえまなく震えて　影を
ハリネズミの死顔のうえに揺らしていた
ただ彼だけが動かなかった

「ぱりぱりに乾いてる」棘の先を恐る恐るさわりながら
娘が言った　手にとるとそれは僅かに軽い
一生かけて突端まで這って行き
一瞬にして渡ったのだ
それらすべてが沈黙のうちになされた

息子を呼んで三人で穴を掘った
底に草を敷いて　そのうえにハリネズミを寝かせた
それから落ちていた林檎の実を添えて
土を被せようとしたとき「待って」と娘が制した
「まだ生きてる！　背中が息してる！」

私たちは穴の底を覗きこんだ。「動いてないよ、李夏」
息子が笑い　娘も照れたような笑みを浮かべた
「だってそう見えたの」　黙っていたが
私もまたそれを見た　彼が立ち去ったあとに拡がりつづける
波紋の揺らぎを

そして土を盛り石を置いた

2004.10.26

16

ともだちの名前

ともだちがほしくて
呪文を唱えた
ひるでがるで・あらもにーく・らんどるげっち
そうすると
もうはやらない牛革のおもたい旅行かばんみたいな彼女が
階段を下りて　深夜　会いにきてくれる
ひるでがるで・あらもにーく・らんどるげっち
会いたかったわ
でも階段は　もうすこし静かに降りたほうがいいわよ
アパートの住人は　みんな眠っているんだから

わたしがそう言うと　ひるでがるでは
どすんどすんと
わざと足踏みして　意地悪にほほえんだ
きょうも隣室では
誰かが誰かを殴打をしていた
もう片方の隣室では
四十五歳の保険労務士が過労で死んだ　独り者だったのよ
石の階段で待っていたから
お尻がとても冷え込んじゃった
どうしてかしら　何かを待っていると　いつだって気を失いそうになる
ひるでがるでは　意味なくわらい　言葉のかわりにどすぐろいみかんを手渡してくれた
それは　煤の匂いがして　とても重い
死んだ保険労務士は
とてもいい青色のジャケットを着て
短い髪で　(女よ)　棺におさめられていた

棺は長さが　ちょっと足りなくて
彼女はひざこぞうを少し浮かせていたわ
ひるでがるでは　やわらかい布のオーバーをぬぐと
わたしの肩にかけてくれた
袖を通すと
裏地のサテンが冷たくてぞっとして
それにわたしの手が――袖口からいつまでたっても出てこない
(わかる?)
手の感触がなくなって　抜こうとしても抜くことすらできない
あら　両腕をどうやらもぎとられたみたい
袖に腕を通すときは気をつけなさい　ひるでがるでが無表情に言った
今頃、遅いわよ　ひどいじゃないの　あなたいったい、何をしたの
わたしはなくなった両腕を思って
肩をがっくり落として言った
カードで買い物してもサインできないわ

ちょっとしたメモもとれないのね
ちょっとしたメモ、覚書、そう思うと谷底のように　悲しみが深まった
ひるでがるでのかけてくれたオーバーが　雨を含んでどっしりと重たい
雨ってとことん内側だけに降るのね
郵便受けの封書も　びしょびしょになってる
塩漬けの胎児も流れてきたわ
三月になったならば――
とひるでがるでが言った
それはひび割れた岩のような声だった
それから　腰から下が　透明になって
わたしの靴が　靴だけが
階段の途中に
きちんとそろえられているのをわたしは見る
三月になったならば――
「死に瀕したヒキガエルの体内から灰色の胆石をとりなさい。蝿は小さな目でスズメがコマ

ドリを殺すのを見て、それからマルハナバチと結婚するでしょう」*
ひるでがるでは　階段をのぼり
扉の向こうへ帰っていった
嫌な女　育った文化がまったく違うのね
それから　わたしは　かたまりのようなものになった
みずからを投げ出して　階段を転げ落ち
それから
それから
腐った芽キャベツの群れのなかに到着した
三月はいつまで待っても来なかった

*マザーグースより

2004.12.10

17 冬至歌

■

秋の朝、光のなかで
あんなに軽々と宙を舞った葉っぱが
地面に落ちて、踏まれて、
厚みも色も匂いも奪いとられて
ただ葉脈の形だけを辛うじて残している

刺青のように
大地の肌の下へもぐりこんで
その下で絡みあう木々の根っこを
苛々させる、淫らな気分へと煽りたてる

詩はあばら家の窓に貼り付けられた
透かし模様だ
こんなにも海から遠い場所へ
どうやって来たのだろう、一羽の鷗が
羽をひろげたままゆっくりとなにかを攪拌している

そのもっと中心へ到ろうとして
人は手放す
夏の嵐に倒された大木が、ほら、枝の先を
凍りついた川面に浸して

我が魂に水を注ぐ
かつて青く瞬いて少女の素肌を濡らしたものが
冬至の太陽と化して子宮に沈んでゆく

詩は決して溢れることない
ただの響きだ

濡れたアスファルトの登り車線に
残照が映えて
真昼の水平線が現出する
尖塔はいまそこへもっとも長く濃い影を落とす

2004.12.21

18 硬い衿

今年一番の冷え込みだという日
代々木八幡の駅のそばを通ると
マンションの改装工事が行われていた
男たちが八人（マンションは八階以上）
一階ごとに縦に一列
鉄骨の足場に立ち（身体ひとつだけで立ち）
地面から順に
鉄の長いパネルを
上へ上へ
手渡しながら　運んでいる

上へ上へ
「うわっ。危ない」
とわたしは
「うわっ。危ない」と
言っても何も解決にならないことを
はっきりと口に出し
そばに誰もいないのに
はっきりと口に出し
それは彼らには　届かない別の空間に響いた
あきらかに二十代以下と
あきらかに五十代以上の年齢の組み合わせで
なぜか
三十代、四十代は、そのなかにいなかった（三十代、四十代は、どこにいるんだろう）
とここまで書いてきて
十代、二十代の連中が上の階にいたということが

なぜか思い出された（その場ではわからなかった）
落ちたら死ぬ
危険度の高いところに若い人間が立たされていたわけだ
おもちゃの兵隊さんを配置するように
配置されていた、縦に一列
生きている身体が　縦に一列　薄い作業衣で
ぱっと見たとき　その秩序を　美しいとすら思い
目がくぎづけになり
その美しさのなかに
落ちたら死ぬよ
厳寒の一月の風が吹き
通り過ぎるとき
二階に踏ん張って立っていたおじさん（五十代か六十代）
の表情が
まるで拡大鏡に写しだされたもののように　わたしに迫った

その顔は皺だらけで厳しかった

きょう、こんな風景を見たんだよ
と人に話すと
人は
そんなのが、なんだっていうんだよ
現場の経験者ばかりだろ、慣れてるし、それが仕事だよ、仕事、仕事、それだけのことだろ
会話はそれ以上、続かなかった
その人はいつか
厳寒の一月に
セビロにコート姿で車の誘導をする仕事をして
そういうとき、「首が痛くなる」ことをわたしに教えてくれた
つまりさ、ワイシャツの衿が凍るんだ。硬く冷たくなって、それが首にあたるんで
首が赤くなって痛くなってくる。最初はわけがわかんなくて、なんで首が痛いのか。こんなところがと。

そう言って、ほら、と指した首をみると、そこには筋状の赤い線が走っていた
マフラーは？
マフラーはやっぱり、できないんだ。そういう職種といったらいいのかな。つまり相手は客
　ばかりだろ。
会話はそれ以上、続かなかった

縦に一列
安全縄みたいなものも何もなかったよ
足だけで立っているの
あのとき丸腰という
つかったことのない言葉が浮かんだ
男たちは
何も武器を持たず
透明で
墓石のように

ゆるぎなく立っていた
厳寒の一月のなかに
誰も落ちなかったよ
見ているあいだはね
やわらかい声（四十代）が告げる
やわらかい衿で
あやしいことをして、泡みたいに消えていくんだ
指先やかかとに
せいぜい、ひびわれをつくりながら

2005.1.11

19 翼

わたしいつからこうしてるんだろう
空中に張り渡されたロープに
ぶらさがってる
洗ったばかりのランニングシャツみたいに
両手がふさがって身動きとれない
あんなに飛ぶのが好きだったわたしが、どうして?

家族で旅した陸地《ヨーロッパ》の果てで
(あのとき父はまだ
詩に取り憑かれてはいなかった

海草から作ったという薄い色のワインを開けて
自分で四十歳の誕生日を祝っていた
はるか眼下の波打際から
物凄い風に吹き上げられて髪の毛ぼさぼさにされながら）
わたし、両手をいっぱいに広げて
勢いつけて駆け下りて
地面を蹴った
旋回しながら地上を見下ろした
ほとんど断崖みたいな斜面にへばりついて
草といっしょに震えながら
笑ってる家族がいた
そのあと小学生の兄が岩場まで降りていって
手紙を詰めたボトルを放り投げたんだ
WHOEVER FOUND THIS BOTTLE, PLEASE WRITE TO US
KENTA & RIKA YOTSUMOTO

HERDWEG 1C, 85652 PLIENING, GERMANY
ボトルは一瞬とまどって
それからあっという間に沖の方へ流れていった

ここは凪いでいる
吊るされて、わたしは自分の重みの
鞭を浴びてる
おっぱいが萎みお尻が垂れて
そうして毎日ほんの少しずつ、乾いてゆく

「はねをください」って手紙を書いて窓に貼ったら
針金と羽毛で作られたおもちゃの翼が
ツリーの下に置いてあった
わたしはそれを背中にゴムで結びつけて
玄関の前の石段からなんどもジャンプしたんだ

十二月にしては異様に温かい日で嵐のような風が吹いてた
そしたら、台所の窓の奥から
父がじっと恐い顔してこっちを見ていた
わたしが手を振ったら
濡れた手を拭って振りかえした
そのときのことを父の日本語で（わたしはキコクだったから
辞書をひきながら）読んだことがある
流しっぱなしの水道の下で
冷凍の七面鳥を揉み解していたら
指先に　通夜の翌朝
布団に差し入れられていたドライアイスで
かちかちに凍りついた父の母（つまり会ったことのない
わたしの祖母）の腿の感触が蘇って
その刹那真っ白な羽根を揺らす天使の姿が見えたと
書いてあった　それが詩なのかどうか

わたしには分からない
けれどそういうことを言葉にして口にだしたら
やっぱりただでは済まないはずだ

鐘の音がききたい
いつまでも打ち鳴らされる鐘の音だけをきいていたい
人はどうしてこんなにも騒がしいのだろう
耳を塞いでしまいたくても
手が使えない

まだドイツにいて
教会の内壁を掃除するのを手伝ったとき
いったん組み上げた足場を
職人たちはあっけなく、物音もたてずに、ばらしてみせた
鉄パイプや留め金を

一番上の段から順々に下へ下へと渡していって
最後は床の上に立っている人に
落とすのだった
注意深く、狙いを定めて
そっと放す
真っ直ぐに受け止めると素手でも痛くないと言ってた
破片は束の間重力から解き放たれて
大きな手に摑まれた

わたし、飛ぶのと同じくらいに
落ちるのも好きだったな
庭のリンゴの枝から、公園の鉄棒から、塀の上から
あの一瞬の、媚びた悲鳴
ポニーテールが矢のように空を衝いて
ぴんと揃えて伸ばした爪先を

委ねきって――

墓石のようなビルに遮られて
一本の塔も見えない
地上の目的を持たず、天に向かって
捧げられる形が見えない
丘の上の火葬場から立ち昇る　ひとすじの煙…
父も眺めたことがあっただろうか
この古びたロープのうえで
綱渡りしながら
頭上の翼を羨みながら
失墜の予感にうっとりしながら

いいえ、ボトルに詰めた手紙の返事は
まだ届いていません

2005.1.20

20 キコク ●

新しいことばは
裂け目から生まれる
傷からひゅっと
ひゅっと生まれる
少女は言った
「わたしはキコク」
その言葉を
初めて聞いた者のこころに傷をおわす
なぜ　傷つくのか　わからないわたしは
表現に、日本語に、傷つくということを　かんがえてみたい

① キコクはキトクによく似ている。この女の子は実際に、どこか内的な、ちいさな死を抱えているように見える。

② キコクは、カキクケコの断片である。カタカナは言葉から意味を奪う。「帰国」なら、なんら傷つかない。「わたしはキコク」＝「わたしはカキクケコ」。「わたし」は、ひらがなでもなく漢字でもなく、カタカナなのだ、とこの子は言っているのかもしれない。意味が奪われた音だけなのだと。

③ 帰国、入国、出国について。ヒトでなく、ことばの。

④ わたしは出・入国検査官を思い出す。あの目のうごきを。流れをとめるもの。検閲、検査。スタンプを押されますね、そして通過する。安堵感と嫌悪感。駅の自動改札だって同じです。あれもまた、検閲、検査。あの力、すごく不愉快なあの力、あの力の源。流れをとめるもの、せきとめるもの。スタンプを押される、確認される、そして通過する。通過した者はみな、額に同じ「徴」を刻印されている。通過できなかった者はどこへ行ったの。

④ あるいはまた、「わたしはキコク」という日本語表現の、文法的な痛々しさについて。

わたしは母から五十音を習った
母はわたしの横に、続き柄のようにつながって座っていた
一字、一字をいっしょになぞりながら
母は文字のなかへ分け入っていった。わたしはあとに続いていった
暗闇のくさむらを分けてすすむように
(文字を知ることは、あの暗闇を、少しずつ失うことだったのかもしれない)
文字は森のようでした
わたしはからだじゅうが文字になり、文字を生きる
よこにのびる線、上から落ちる線、くねる線、打たれるてん、はねる線、曲がる線、
あ、い、う、え、お、
わたしはいま、三歳の子供に五十音をおしえます
湯気でくもった窓ガラスに
あ、い、う、え、お、と書く。か、き、く、け、こ、
なぜ、書けるのだろう、と思いながら
書けることを、どこかで

悲しいと疎みながら
痛みをおしえるように、おしえていきます

わたしはかつて詩人だったことがある、と思いだしました。ひどく孤独で誰にも似ておらず、誰とも連帯するつもりがなく、たったひとりで、この世を漂流していると考えていました。三歳から七歳くらいのあいだのことです。つまりわたしはもっとも平凡な子供でした。

数十年ぶりで、折り紙を折ろうとして、ほとんど折り方を忘れていたのです
何を折るのかも知らずに、ただやみくもに折っているうちに
ぱっと何かが結びついて
「やっこ」ができた「帆掛け舟」ができた「風船」ができた「鶴」が折れた
何がつくれるのか、わからないのに、ただ、折っていく
できるときは、できる
できないときは

折り目を開いて
また一枚の紙に戻します
詳しい折り目が無数についている
迷路のように。
迷ったあとだけがあって
それ以外何もない　一枚の紙のほかには。
何かが折れたとき　わたしはにぎやかだ
何も折れないとき　わたしだけが残った

2005.2.9

21 Am Achensee ■

母から貰った杖を振りまわしながら歩いてきたんだ
峠を越えて、谷間の果てのこの湖まで
リフトはたった今停まったところ
陽が沈んでも対岸の嶺はバラ色に染まったまま
その尖った頂きに
空がぐりぐりと薄い下腹を押しつけている

君はあまり君の父さんの話をしないね
ぼくらの時代の父性は影が薄い
湖上の亡霊みたいだ

でもたしかに誰かが命じたのさ、ただひと言
「あっちへ」と
そしてそれっきりそっぽを向いた

ごらんよ、村人がよってたかって巨大な鉱石を持ち上げて
投げ込もうとしてる……破水……音は消されている
老人たちが、観光バスの窓越しに指差しながら
遠ざかってゆくね。空が弾けて、ほら、
世紀のジャックポットのように星が転がり出てくる
黄昏のなかで地形は再構築の機会を窺う

なのに君は、いったい何を探しているんだい？　ゲレンデの中腹に
這いつくばって、鼻先を近づけ、瞳を見開き、ぼくに指差す
ぼくは跪き、息を呑んだ。雪原に、光の粒だけを被って
横たわる微細な曲線。それは薔薇の雄蕊ではない

遠い文明から吹き飛ばされてきた、文字の
破片でもない、それは一本の
睫毛だった
誰かが落としていったんだ、足跡ひとつないここに

2005.2.25

22 みずうみのまわり ●

池と呼んでもいい、その小さなみずうみには
水藻が浮き
岸から湖面に張り出した枝々
水は　あくまでくらく　透明で
陽が　まだらに　差し込んでいる
ひとりの少女が
泳いでいる
素っ裸
仰向けになって目を閉じると
中央の茂みが水面にかすかに現れ

また沈む
誰も見ていないのに
誰かが見ている
どこかで誰かが
暗闇のなかから
その目が不意に
内側に埋め込まれ
わたしは　わたしを
映画を見ている　自分自身を見つけ出した
イギリス映画　Walkabout　美しき冒険旅行
オーストラリアの原野に放り出された少女と弟
映画の終わりのほうで　唐突に
少女の数年後――すなわち結婚し、夫の帰宅を待つ、料理中の彼女が、窓の外をぼんやりと
　見ている横顔が現れる
正確には

まず、横顔が現れ
それから横顔のまわりが　はがれ落ちるように見えてきた
それは　ステンレスのコーヒーメイカー
冒険とか旅というものと　無縁の日常で
むしろすがすがしいくらいの無機的な日常で
彼女の横顔は　そのことを　そのままに受け入れているという女の顔だった
あの無表情
わたしは忘れられない
さざなみひとつたてない
まばたきひとつしない
みずうみのようだった
結婚した女は

「みずうみを見ようとして出かけたわけではなかったけれども
気がつくとみずうみの岸に立っていたんです」

「そうね、誰だって
みずうみなんか見に行こうとは思っちゃいません
ええ、誰がたまった水なんか　しげしげと見つめるもんですか」

「流れないもの、変化しないものは腐ります
みずうみは　不透明です。底が見えない」

「移動中の車窓からチラッと見る
それが正当ともいうべき、みずうみの見方です
それで充分
たまった水には　生前、深く、かかわるべきではありません」

けれど　わたしは
ずっとむかしに

このみずうみを　みずうみの全貌を
高いところから　見下ろしたことがあるような気がするのです
あるいは目を閉じると
みずうみはいつも
小さな池ほどに縮小して
わたしのなかに入ってしまいます
そのなかで
ちゃぷちゃぷと水音が立つ
誰かが泳いでいるようです

みずうみで泳ぐ？
なんと優雅で
なんと不道徳な。

2005.3.7

23
旗

雪はベランダに侵入して
デッキチェアの脚を包み隠している
室内から五十センチほどのところまで迫って
露呈したタイルとの境界線に
居座るフィヨルド

風が新雪を吹き飛ばすと
黒ずんだ土の影が痣のように現れた
数年前買ったばかりの食卓は

みるも無残な引っかき傷に覆われている
躊躇いなく伸びる斜線
不意の鋭角
桜の木は生活に不向きだったな

厩舎の旗は千切れんばかりに翻っていた
あんなに必死で彼方を指して

旗の使命は留まること
舞い上がってしまったらただのゴミだ
高い梢に辛うじて引っかかって
震えているビニール袋
あれが私だ

＊

「いけない」その人は拒んだ
所帯もろとも、詩を目的にすることを

石に座して
凛として待ちつづけた
「絶対」が歩みよってくるのを
そしてその刹那惜しげもなく指を開いて
投銭のように言葉を放った

「あなたという人間は、箸にも棒にもかからない下劣な人間だ」
「さあ、それで君も胸が晴れただろう。食事に行こう」

そういったのは傲岸《ゴーガン》な
ストリックランド、ならぬイギリス人小説家

画家が孤島で最期に描き遺したのは
棄てた男の向日葵だったが
和解しようにもなにもかもが手遅れだった

*

もうなんど目醒めたことだろう
なのにまた目を覚ます

家族第一　生活優先
憚りもなくそう言いふらしながら
私は独りで夢を見てきた
眠るためではなく
別の場所へ起き上がるために

野の真ん中から振り返ると
周囲の雪原は一瞬にして泡立つ海だ

際限なく連鎖するゼムクリップのような
言葉の分子が
首から下に絡みついてくる
彼方の肉屋と教会の塔に挟まれて
褪せた日傘のような屋根を傾ける我が借家

このニギヤカな岸辺を前にして溺れるものもいるだろう
立ち泳ぎの午後の無言に曳かれて

流れてゆく、私は旗だ

2005.3.22

24 椿

なんという町だったか、思い出せない。

初めて訪れた町だった。幅は狭いのに、流れのひどく烈しい川があり、川には小さな灰色の鉄骨の橋がかかっていた。わたしは、その日、橋を渡り、双子の兄弟を訪ねたのだ。「灰色の橋が目印です」と手紙にあった。「わたしはとがった帽子を被っていきます。それがわたしであることの目印です」わたしは返事にそう書いた。頭部に醜いできものができて、どうにも直らないで困っている。できものは次第に大きくなっていき、盛り上がって不気味な面相になってきた。訪れた先には、生涯、片時も離れたことがないという、独身の時計職人たちがいた。もう、若くはない。時計の販売と修理をしていた。店は寒々しく、見るからにひまで、わたしい以外の客などいない。「こんにちは。来ました」返事はない。彼らは、手元に時計を置き、特殊な眼鏡をかけてのぞきながら、修理の仕事に夢中である。双子と聞いていたが、本当によく似ていて、小ぶとりで、目が小さく、額がやけに広い。肉厚の指が、いかにも不自由そうに、ピンセットを扱った。壁には隙間が見えないほど、ぎっしり時計がかけられていた。それらはみな、みごとなくらいに、ばらばらな時刻を示しており、わたし自身の腕時計とも、一致する時刻を示すものはなかった。兄弟たちは、ひそかに詩を書き、その作品を通じて、わたしたちは、遠くはなれて暮らしているにもかかわらず、手紙をやりとりして、一度だけ、会おうということになったのだ。しかし、いざ、訪れてみると、彼らの冷淡ぶりは驚くばかりで、手紙では、駅から時計店までの道順を、丁寧にやさしく説きながら、実際、やってくれば、話しかけても、目も見ず、口もきかず、わたしはいままでのやりとりのなにもかもが、わたしの思い込みであるばかりか、幻であったに違いないと悟った。それにしても不快極まる兄弟たちだった。作業台には椿の花が生けてあり、店を出るとき、その花頭が、ぼとり、と机の上に落ちた。そのときだけ、弟だか、兄だか、わからないが、片方の男が、目をあげて椿を見た。椿だけを見た。わたしは所在なく、店を出た。そして再び灰色の橋を渡った。渡るとき、水音は一気に高く険しくなり、橋に反響して、不安を煽り立てる。曇天は隅々まで重い雲で満ちていた。家へまっすぐ戻るはずだったが、何か、ばかばかしくなり、あれから結局、家には帰っていない。というよりも、帰る道がまったくわからなくなってしまったのだ。ずっと歩いていると、違う町に出る。するとそこには、狭い川幅の川があり、思いつめたように、水が流れている。そこにもまた、小さな灰色の鉄骨の橋がある。渡ってずっと歩いていく。すると再び、また別の小さな灰色の橋に出る。運命なので、必ず渡る。ずんずん歩く。頭のなかで、こちこちと時計の音が鳴っている。双子の時計店には、まだ行き着けない。頭部のできものは大きくなるばかりだ。

2005.4.11

書く歓び

書かれた鹿はなぜ書かれた森を飛び跳ねてゆくのか
その柔らかな鼻先を複写する泉の表面から
書かれた水を飲むためだろうか
なぜ頭をもたげるのだろう　なにか聞こえるのか
真実から借りたしなやかな四肢に支えられて
鹿は耳をそばだてる——私の指の下で
しずけさ　その一語すらが頁を震わせる
「森」という言葉から生えた
枝をかき分けて

白い頁に跳びかからんと、待ち伏せるのは
ゴロツキの文字どもだ
その文節の爪先のなんと従属なこと

鹿はもう逃げられまい

インクの一滴毎に大勢の狩人たち
細めた目で遠くを見つめ
いつでも傾いたペン先に群がる準備を整え
鹿を取り巻き　ゆっくりと銃口を向ける

今起こっていることが本当だと思い込んでいるのだ
白地に黒の、別の法則がここを支配している
私が命ずる限り瞳はきらめき続けるだろう
それを永遠のかけらに砕くことも私の気持ち次第だ
静止した弾丸を空中に散りばめて
私が口を開かない限りなにひとつ起こらない
葉っぱ一枚が落ちるのにも　たたずむ鹿の小さな蹄の下で
草の葉一枚が折れ曲がるのにも私の祝福がいる

私が総ての運命を支配する世界が

存在するということなのか
私が記号で束ねる時間が
私の意のままに存在は不朽と化すのか
書く歓び
とじこめてしまう力
いつか死ぬ一本の手の復讐

ヴィスワヴァ・シンボルスカ／四元康祐訳

あとがき

小池昌代

詩と生活。このふたつの言葉は対立概念ではまったくなく、どちらがどちらかに含まれるものでもない。けれどそれは、交尾しようとぶんぶんうなる、でもなかなか合体できない二匹の蠅みたいに、私のなかを、うるさく駆け回って静まらない。

対詩を始めるなどとは考えてもみなかったころ、「森を横切って」という詩を書いた。それは、たまたま帰国していた四元康祐と、会って話をしたときの経験から生まれたものだ。詩と生活は、そもそもあの詩の副題としてつけたものだった。

わたしと詩の関係は、ここ数年で少し変わった。昔は身辺もシンプルで、毎日詩のことばかり考えて暮らしていたのに、あるとき気がつくと、数日、詩のことを忘れていた。こういうとき、詩を書く人間は、詩から忘れられた、と自虐的に考える。あのね、詩のことばかり考えているわけにはいかなくなっちゃったのよ。それだけのことなのに、ショックだった。対詩という装置を使うことで、私は詩への足掻きをやってみたのだろうか。それともこの機会に、詩に（そんなことができるものなら）三行半ってやつをつきつけてやりたかったのかな。

ここに一年のやり取りが終わった。毎月、雑誌に載せることが前提だったので、とにかく書かねばならなかった。出だしはきつかったが、だんだん自由になり、だんだん「自分」

がはずれていった。中盤あたりでは挑発するような気持ちがむらむらわいてきて、四元さんの、堅牢なバランスをぶち壊してやりたいように思ったのだったが、いま思えば、壊したかったそれとは、自分のなかにこそ存在するもので、結局、むらむらは、四元さんでなく自分に向かい、それはたとえば「暴走自動車」のような作品になった気がする。

ということは、互いは鏡のようなものとしてあり、わたしは対詩でなく、ただ詩を書いただけだったのか？

一冊にまとめてくださったのは髙木真史さんだ。ありがとうございました。

あとがき

四元康祐

「ヴィオラ」を書き始めた頃には想像もしなかったことだが、「ハリネズミ」を書く直前、私は自分の生活を変えようと決意していた。熟慮の末というよりもほとんど思いつきの軽々しさで、これまでの安定した暮らしの波止場から、小舟のようなところへぽいっと飛び移ったとき、私の胸には「ボーニフッテモ　カマワナイ」という黄色い声や、「一生誤解されてそのまま死ぬ。覚悟はできましたか」という囁きが響いていた気がする。

現実の暮らしの中で身近な他者が（ときに沈黙のうちに）発する声に、応えているつもりで、実は聴こえてすらいないのではないか。毎月送られてくる詩の、字面ではなく、その背後の「見えていない　一本の桜の木の実存」を手探りしながら、私は自分のなかにある井戸の、底の浅さを感じずにはいられなかった。あるいはだからこそ、「詩」は「生活」の足元へ溢れだし、私を行為へと促したのだろうか。だが自分を変えようとするならば、まず「生活」から始めなければならない。「詩」はいつも、そのあとを追いかけてくるだけだ。

リルケは芸術家同士の交流を戒め、ブライは、孤独のうちに過ごさなかった日々はすべて無駄だったと書いたが、孤独と交流の奇妙に混ざり合った小池昌代との一年間を、私は決して忘れないだろう。

二〇〇五年九月二十五日　ミュンヘン

初出「現代詩手帖」二〇〇四年一、五〜十一月号、二〇〇五年一〜五月号

対詩《たいし》　詩《し》と生活《せいかつ》

著者
小池昌代《こいけまさよ》、四元康祐《よつもとやすひろ》

発行者
小田久郎

発行所
株式会社思潮社
〒一六二―〇八四二　東京都新宿区市谷砂土原町三―十五
電話〇三(三二六七)八一五三(営業)・八一四一(編集)
FAX〇三(三二六七)八一四二　振替　〇〇一八〇―四―八一二一

印刷
オリジン印刷

用紙
王子製紙、特種製紙

発行日
二〇〇五年十月三十一日